CB140687

O vinho que sobrou

Luiz Edmundo Alves

O vinho que sobrou

Luiz Edmundo Alves

© Luiz Edmundo Alves, 2024
Todos os direitos reservados

ledmundoalves@gmail.com
Youtube: Luiz Edmundo Alves
Instagram: @alvesluizedmundo

Catalogação na publicação elaborada por
Bibliotecária: Janaina Ramos – CRB-8/9166

A474v

Alves, Luiz Edmundo

O vinho que sobrou / Luiz
Edmundo Alves. – Belo Horizonte:
Quixote+DO, 2024.

104 p.; 12 X 21 cm

ISBN 978-85-66256-78-9

1. Poesia. 2. Literatura brasileira.
II. Alves, Luiz Edmundo. II. Título.

CDD 869.91

Índice para catálogo sistemático
I. Poesia : Literatura brasileira

EDITORAS ASSOCIADAS

Conselho editorial: *Alencar Fráguas Perdigão, Cláudia Masini*
Editora responsável: *Luciana Tanure*
Editor: *João Camilo de Oliveira Torres*
Editores Assistentes: *Guilherme Coelho, Bruna Fortunata*
Tecnologia de informação: *Alessandro Guerra*
Revisão: *Guilherme Coelho*
Capa e projeto gráfico: *Daigo da Mata*
Ilustração da capa: *Fernando Pacheco*
Desenhos do autor: *páginas 15, 35, 49, 57, 71 e 85*
Impressão: *Gráfica Formato*
Agradecimentos: *Rosaura Andrade, Max Moreira, Rogerio Vieira, Anelito de Oliveira, Alencar Fráguas Perdigão, Luciana Tanure, Daigo da Mata, Fernando Pacheco, Janaína Ramos, Leonardo de Magalhaens*

Editora Quixote+Do
(31) 3141-1256 | Rua Alagoas. 1270, sala 304
Belo Horizonte – MG - 30.130-168

www.quixote-do.com.br

Belo Horizonte, 2024.

ÍNDICE

PREFÁCIO

Leonardo de Magalhaens

Neste caprichado ***O Vinho que sobrou***, que acabei lendo duas vezes, num fim de semana, o talento e o estilo estão cada vez mais maduros como especiarias e boas safras de vinho. É uma poética do ritmo e do cadenciado, do fluxo de palavras, do jorro de referências e lembranças, um construto da memória que vem arrastar os leitores. E mais do que isso: seu tom nostálgico vem nos ensinar. Sim. Uma poética sapiencial. O Poeta vem como um sábio para nos guiar na vida. Com seus ensinamentos em versos, ele destila sua sabedoria de vida. A vida ensina, e ensina ainda mais aos poetas, verdadeiros antenas da raça. Alguns dizem por aí que a tal da Poesia é coisa das inúteis e que tanto faz e tanto fez. Eu comigo e meus botões digo que respiro poesia e aprendo muito com este *inutensílio* chamado poética. Sou muito grato à Poesia e aos poetas e às poetas do passado e da minha geração. Sou grato ao Eterno por ser desta geração e conhecer grandes poetas vivos demasiado vivos entre nós, pobres mortais.

Um destes bardos de fino trato é certamente o baiano, muito mineiro, Luiz Edmundo Alves, que conheci há duas décadas, antes das *Terças Poéticas* no jardim do Palácio das Artes. E a oratória e declamação de Edmundo Alves sempre foi impactante e memorável. Ele sabe os próprios poemas de cor e salteado. É uma voz potente de dinamite. E o homem tem carisma de prosear por horas sobre costumes parisienses e literatura francesa e causos da poesia alheia. Luiz Edmundo Alves é destes poetas que marcam época por talento e por estilo. E este texto não foi encomendado para elogios, nada disso. Sou fã da obra poética e o poeta bem o sabe. Não preciso me esforçar para apresentar o autor de ***Fotogramas de Agosto*** e de ***Uvas Verdes*** e de

zuns zum zoom e de ***Álbum de percepções.*** Atualmente plantado em Almenara, o poeta outrora circulava por saraus e bienais em Belô. Às vezes Edmundo Alves lembra um Drummond, ora um Mário Quintana, ora Vinicius de Moraes, ora um Manoel de Barros, mas é tudo na voz dele, só mostra o quanto ele é bom leitor e devorador voraz.

Sou um colecionador de suvenires /Umas
coisas em desuso estão comigo

São poemas meio prosaicos com infindas enumerações *a la* páginas inteiras das prosas romanceadas de um José Saramago.

Sua mente poética desloca no tempo, quando passado presente e futuro tudo já é, num contínuo de aqui e agora, tudo ao mesmo tempo, simultaneamente sendo. A mente vai reciclando as lembranças em novos construtos de memória... somos levados juntos nos redemoinhos de nostalgia lírica.

O tom de dicção em ***O vinho que sobrou*** é muito semelhante ao de ***arritmia***, o fluxo-poema, a parte que conclui o livro ***zuns zum zoom***, de 2012, e acho que foi ali naquela efeméride que o estilo do Poeta se fixou em raízes. É poema, mas é prosa, é prosa poética e também poema em prosa, tal qual o *Spleen de Paris*, do poeta da modernidade Charles Baudelaire, mestre da poesia francesa.

observe os homens-feridos, fragilizados.
Ouça as mulheres feras, pergunte-lhes
como fizeram para curar suas feridas...

O Poeta Luiz Edmundo Alves segue em sua poética num percurso de sobrevivência, a sofrer as agulhadas da saudade e as ironias da existência. O poeta errante e errado em busca de rumos:

as muitas noites que me perdi em mapas de
outras cidades muito distantes
as muitas noites que, doente, temi morrer

antes do amanhecer,
sem escrever a dor que senti nas perdas, nas derrotas, nas desforras

Um poeta saudosista e irônico até consigo mesmo, ainda que não se importe com o que pensem dele. Ele sabe de certos estereótipos de escritores e poetas, e uma imagem irônica sempre se insinua no texto.

penso em usar gravata borboleta para
escrever poemas e visitar poetas, quem
sabe eu adote uns suspensórios também.
Gravata borboleta foi a melhor fantasia do dia.

Em suas perambulações, o Poeta deixa registradas as ***Cenas de bairros***, na parte 3, o que muito lembra aqui os quadros parisienses pintados verbalmente pelo *flâneur* Baudelaire em suas andanças pela capital do século 19. Mas não é Paris ou capitais europeias retratadas aqui, antes os bairros e distritos e logradouros da capital mineira, seja Savassi, Centro, Olhos D'água ou Prado. São fotografias poéticas de geografias sentimentais *a la* Pedro Nava, o mestre memorialista nas ruas belorizontinas de um século atrás.

Antes, em ***Asfixia – versos da pandemia***, um momento de crise de saúde pública, nacional e global, faz o Poeta questionar o próprio fazer poético. A poesia em época de mortes e pragas e pandemias é um artigo inútil... *"como escrever um poema após Auschwitz?"* questionava o filósofo Theodor Adorno.

o que pode um poema diante/
do pulmão que arfa?/de uma febre?
da iminência da morte? /o que pode um poema
frente às intempéries da existência?

O que fazer então? O poeta deve se refugiar na sua 'torre de marfim' lá nas alturas? Continuar a viver com 'a cabeça nas nuvens'?

Para algumas velhas ideias/
de fim e de pleno recomeço.
Deixem-me, afastem-se. /O vírus está aqui. /
deixem-me, serei um nefelibata.

Como pode a poesia se exibir num mundo de carências, de calamidades? Poesia é estética ou tem potencial ético, político? Poesia ajuda poetas e leitores? Abriga poetas e ouvintes?

A poesia apenas depura a dor aguda, /
depura as fragilidades
depura as sutilezas da linguagem, /
poesia é gesto de utilidade pessoal,
escudo de vento para as tragédias coletivas.
Ou para amarguras.

Logo percebemos que se trata de uma obra com muitas faces e entradas, uma miscelânea de bibelôs e *souvenirs* que remontam a vida do Poeta desde sua infância e juventude e vida acadêmica e poética, sua vida amorosa igualmente se percebe, com revelações em versos e cartas poéticas. As fronteiras entre poesia e prosa se perdem, como já ressaltamos. Poemas são descrições. Cartas líricas são poemas.

Cada momento vivido foi um/pedacinho que
se perdeu, como guardar memórias? / Onde?

A preocupação do Poeta é com o tempo perdido e o resgate da memória. Um problema tipicamente proustiano, o oposto do drama vivido pelo Funes, El Memorioso, do célebre conto de J. L. Borges. Nós temos a memória ou a memória nos possui? Por que não deixar simplesmente que tudo se esvaneça? Para que ter tanto apego? Uma questão de identidade? Sem memória não há um Eu? De repente, se aceitarmos a passagem do tempo, sem apegos... se fôssemos mais budistas...

Este contato com o passado é que joga o Poeta na tradição poética e artística, em diálogo com as cartas de Van Gogh ao irmão Théo, por exemplo. Ou cartas aos entes queridos, ou cartas aos amores desfeitos, ou cartas aos amores perdidos. Ou o autor simplesmente inventa interlocutores em sua solidão – a condição humana básica. *Quem, se eu gritasse, poderia me ouvir?* (Uma liberdade aqui com verso de Rilke)

> *Para Van Gogh o girassol era um símbolo/*
> *de felicidade, estava certíssimo.*
> *Vou escrever uma carta imaginária pra ele.*

Chegamos até a parte que dá nome à obra, ***O Vinho que sobrou***, com uma miríade de referências e evocações, numa colcha de retalhos de intertextos e citações musicais, que lembra a geração perdida, *lost generation*, e a geração Beat, *Beat generation*, ou os romances do japonês Murakami, com uma atmosfera de 'como fui feliz naquela época e não sabia'. Realmente só depois que vivemos, e fechamos uma página lida/escrita é que começamos a suspirar, 'ah meus quinze anos! Oh que saudade'.

> *Se a literatura me comprasse alguma/*
> *experiência pop dos anos 80*
> *Não, não vamos perder nossa identidade nesse/*
> *emaranhado de dados.*
> *Nossa vida é pop./ Vamos ouvir Sweet Dreams*
> *e beber o vinho que sobrou.*

É um vero caleidoscópio de imagens e sensações. É igual a acordar de madrugada e ligar uma rádio FM e ouvir uma balada dos *Beatles* ou de David Bowie ou um *rock do Queen* ou um *prog* do *Yes. Rock* ou *pop* passional dos anos 70 ou 80 sempre nos deixam em lágrimas. É verdadeiro "*Embriagai-vos!*" de Baudelaire. Consuma-se em suas lembranças e toma logo este último gole de vinho. O erotismo está no pretérito, mas o desejo nunca morre. Em busca de seu tempo perdido, o Poeta mescla lembranças reais e fictícias, remonta personagens e cria outras. Outros bailes de carnavais, outros mocinhos e outras mocinhas de filmes hollywoodianos ou do ‘cinema novo’. Ele mesmo, este Poeta, é uma criação de si mesmo, *“Já sou um personagem velho”*, neste enredo que se quer lírico, mas pode ser irônico, que se deixa sentimental, mas não pode ser piegas.

Confesso que está bem difícil concluir este prefácio. Tanta coisa pra ser dita. Tanta prosa pra colocar em dia. Mas o tempo urge. Necessário é e assim um ponto final se aproxima, quando postergaremos mais considerações para um vindouro ensaio crítico sobre ***O Vinho que sobrou***, esta obra moderna, intensa e atualíssima do poeta Luiz Edmundo Alves. Evoé Poesia!

Abril 2024

Leonardo de Magalhaens
Poeta, contista, crítico literário
Bacharel em Letras FALE/ UFMG

Para meus pais
Mera & Mario
em memória

UM BÚZIO QUE GUARDA O BARULHO DO MAR

1.

sou um colecionador de suvenires:
um búzio que guarda o barulho do mar
ímãs de geladeira, canivetes,
restos de casas, mapas de metrô,
de cidades e de países, pedras
um galo de louça de lisboa
uma miniatura dos girassóis de van gogh
um pássaro de vidro da ilha de murano
uma caixinha com o ar de paris
e outras miniaturas, de automóveis
de bustos, de monumentos, de caravelas.
coleciono também números da sorte
palavras estrangeiras, palavras estragadas
azulejos, bótons, chaves.
um colecionador sempre tem
com que se ocupar, vejam:
um ímã, um mapa, um búzio,
uma miniatura, uma palavra,
um pássaro de vidro, um bóton,
são bons companheiros,
são acúmulos dos dias bons,
não deixam o colecionador sozinho,
jamais cerceiam a imaginação.
uma coleção de suvenires é
como um relatório de viagens,
um guia para ir adiante,
um inventário de recordações.

2.

umas coisas em desuso estão comigo:
uma velha máquina de escrever,
várias máquinas fotográficas,
uma filmadora dos anos 80,
duas ferraduras, duas argolas de montaria,
um punhal árabe, um relógio de bolso,
outro de pulso, uma caneta tinteiro.
estão comigo também umas
invejas que tento, a todo custo,
manter em desuso, por orgulho
ou por vergonha. inveja dos que
incansavelmente escrevem
versos admiráveis, ganham prêmios
ganham dinheiro, elogios, viagens,
títulos e muitos tapinhas nas costas.
inveja dos que têm belas escrivaninhas ou
amigos distintos em outras cidades e
muito, muito desprendimento nas
redes sociais, onde são felizes e
militantes comprometidos com as
melhores causas.
umas invejas que me fustigam e
exigem um esforço descomunal para
que eu as mantenha em desuso,

ou ocultas, não sei bem.
tal qual a máquina de escrever,
a filmadora, as ferraduras,
as argolas, o punhal, a caneta
os relógios. tal qual.
umas coisas, umas invejas,
em desuso, ou nem tanto.

3.

um homem sonha com
longas viagens enquanto
percorre a estrada para a cidade,
seu sonho é uma mochila repleta de
mapas, de poemas descartáveis,
de fotos roseadas, de uns barulhinhos de
portas quando se abrem,
de outras viagens sem guias,
de ruídos metálicos, de silvos longos
são sonhos de papel, não pesam e,

quando pesam, não impedem deslocamentos.

4.

tania

minha irmã morreu sem que
pudéssemos compartilhar o
verdadeiro amor fraternal,
nunca aprendemos juntos os
significados de novas palavras,
nunca brigamos pela posse do
controle remoto ou pela atenção de
nosso pai. nunca nos oferecemos o
ombro para chorar perdas de
paixões adolescentes ou de cavalos.
não fizemos fotos.
não fizemos acordos financeiros.
minha irmã habitava as lonjuras
do oeste, partiu sem que eu
conhecesse sua casa, seus
filhos e seus sonhos, partiu
sem atarmos nossos laços,
sem experimentar as curvas da
estrada para Almenara. morreu
sem ouvir minhas estórias de Paris,
meus poemas avessos ao evangelho.
minha irmã existiu na distância e no vazio,
hoje é uma lembrança compacta,
ausência intacta,
trecho de poema

que pena.

5.

as floradas do assa-peixe no campo ou das
quaresmeiras na cidade fizeram desaparecer
qualquer saudade da primavera passada.
estou cansado das palavras *saudade* e
primavera, no entanto frequentemente
elas se apresentam ao meu poema que,
à minha revelia, as aceita de
braços abertos. ufa, cansei!
aquele velho mundo acabou?
vou lá recolher os restos,
talvez encontre alguns
suvenires interessantes,
que possam orientar
futuras rotas, trincar

meus desencantos

6.

foi hoje, exatamente hoje,
que minha alegria empurrou tristezas,
abriu a porta e foi à rua tomar vento,
foi à estrada gastar sapatos à
procura de novos motivos.
minha alegria tem uma
gratuidade quase de infância,
uns fios brancos, desalinhados,
uns vestígios excitantes,
tem um bailado de colibri,
umas sombras de
sombrinhas de frevo,
ferve com notícias de longe e
com as luzes do entardecer.
é uma alegria que se assemelha
ao alívio do despertar de pesadelos.
é assim: comedida, não faz ruídos,
não emite juízos,
aparece e logo some, por isso
a tenho como raridade.
assim: tipo um sentimento que
transborda, desgarra, desagarra,
um tesouro desterrado.

7.

ela avisou: estava imersa em
suas escolhas, era originária de
águas profundas, escuras.
tinha a essência dos ancestrais,
boca de redemoinhos,
filha da floresta com o cosmos.
anfíbia. antimusa antenada.

todos os dias tenho um
pensamento pra ela.
ou um pensamento nela,
não todos os minutos porque
as coisas do mundo são muitas e
algumas perturbam esse
pensamento tão desassossegado.

8.

minha coragem me empurra pelos flancos,
meu medo me equilibra pelas beiradas.
no meio absorvo os impactos.
não sou de urgências,
mas me aflijo ao pensar naquilo
que não desfruto,
naquilo que é de agora e está ficando
pra depois, ou pra nunca mais.
viver é uma permanente inquietude
um permanente paradoxo.

9.

Pra Rosaura

que você esteja comigo quando eu me perder em alguma página vazia, ou em alguma rua muito cheia. que você fique comigo diante dos maiores vacilos. ou que esteja comigo quando precisar de coragem para algumas renúncias difíceis, mas necessárias. talvez precise que cure meus ferimentos com sua saliva picante ou com seu toque franco. talvez. mas por enquanto quero apenas que permaneça aqui, para caminharmos livres & amorosos, por páginas ou por ruas desse mundo imenso.

entre os melhores tempos de minha vida:
ontem. hoje. antes de ontem.
década passada. ano passado.
todos esses dias que você esteve ao meu lado.
mês passado.
minutos, segundos atrás. semana passada,
amada.

10.

observe os homens feridos, fragilizados.
ouça as mulheres feras, pergunte-lhes como fizeram para curar suas feridas, o que fizeram com as flores que murcharam em seus jardins ou vasos. pergunte como ocultam suas dores mais frequentes, seus desejos ardentes.
escute os homens que cozinham com amor de amadores, pergunte-lhes como fizeram
pizzas de bordas altas e macias, pizzas de massa fina e muita cobertura. pergunte-lhes qualquer coisa, deixe que sejam eloquentes, que respondam onde adquiriram esse velho cinismo tipicamente masculino, como escondem seus desejos e suas fragilidades na maneira de explicar ou de beber cerveja.
pergunte, e depois ouça. ouça, e depois
disserte. pergunte pra uma mulher como ela faz para esquecer um bocado de gracejos ridículos, esquecer amarguras, esquecer um homem mau, esquecer. pergunte.
talvez encontre algum sentido na resposta, nas frases soltas, nos silêncios, nos gestos soltos ou em expressões. talvez.
mas ouça.

11.

gosto de pensar em longas viagens
gosto de resistir nas entrelinhas
gosto de pensar no inalcançável
no zelo que tenho com objetos inúteis
nos vazios que o amor impõe.
gosto de pensar em olhares melancólicos,
de pensar numa provável biografia da
moça-poeta sofrida & livre,
livre & distinta. distinta & mal amada
mal amada & assertiva no
gesto & no vocabulário.
com a linguagem do beijo de
língua ela escreve e apaga o
poema que a paixão inspirou.
gosto de indagar:
a língua reteve algum sabor?
da paixão, o que os espelhos guardaram?
lágrimas & revolta, ou alívio?
lágrimas se derretem no
chuveiro, mas ainda resta na
pele as manchas das paixões,
paixões mancham a pele.
o que resta é mancha.
o que resta não ilude.
por hoje chega. é madrugada.
amanhã restará a mancha nas entrelinhas.
mas haverá outro sol & nova linguagem.
mas haverá outro sol & sonhos fabulosos.
haverá os espelhos e as entrelinhas.
as entrelinhas, ou doce alívio.
as manchas, essas serão risíveis.

12.

meu percurso está repleto de orfeus,
me roubam tempo e ainda assim os
tenho em alta conta, trincam meus joelhos e
ainda assim os mantenho como companheiros
de viagem. suas anarquias me corroem o espírito e
ainda assim lhes empresto a jaqueta ou algum livro.
porque preciso de orfeus?
porque os aceito com tanta resignação?
porque permito que me firam com suas
palavras e seu fel?

por que aplaudo seus versos esplêndidos e
sua miséria?

por que ouço seus queixumes antiquados?

serei, involuntariamente, um deles?

vou ler eurípides, talvez encontre as respostas.

13.

as muitas noites que gastei com tristezinhas.
as muitas noites que consumi olhando estrelas.
as muitas noites que transbordei em silêncio,
por paixão ou por revolta
as muitas noites que me perdi em mapas de
outras cidades muito distantes
as muitas noites que, doente, temi morrer
antes do amanhecer, sem escrever a dor que senti
nas perdas, nas derrotas, nas desforras,
as muitas noites que morri
as muitas noites que renasci
as muitas noites que enterrei o pior de mim

as muitas noites que li Proust, Camus,
Drummond, Clarice, Ana, Anne, Djami, Max, e
depois borrei meus escritos com suor ou
com lágrimas.

as muitas noites que recusei o desespero quando
o desespero era dominante, inerente.
as muitas noites que ignorei o sentido das coisas
que você trouxe consigo, coisas que agora
são nossas,
coisas que amei e quis deixar para as pessoas
que amamos,
coisas visíveis, palpáveis, que as pessoas que
amamos acharão sem importância

as coisas que pensei serem
intransportáveis, por possuírem raízes,
por possuírem alicerces, ou por nunca nos
pertencerem realmente.

as muitas noites em que a solidão bastou.
as muitas noites que te esperei pra pedir *beije-me.*

14.

houve um tempo, sim
em que eu amanhecia bem mais velho,
correndo com os dias pelos impasses típicos da
velhice. acariciava rugas, nomeava cicatrizes:
essa aqui foi uma trombada no pátio da escola
essa outra foi uma queda na quadra do clube
na mão tem essa marca de queimadura de forno
na testa esse risco de espinho de calumbi
no peito esse corte de quem trocou a válvula mitral.
havia outras cicatrizes, enormes e invisíveis.
cicatrizes interiores, as nomeava também
ajudavam a escrever poemas,
a desenvolver colágeno, a rir.
resgatavam-me do tempo em que
eu amanhecia bem mais velho
não estão na pele
mas as identifico nos diversos livros que escrevi.
terríveis capítulos do que vivi.

15.

coloquei uma gravata borboleta e fui passear pela casa, planejar viagens, olhar o espelho, sorrir, sorrir com esmalte dos dentes implantados, das coroas amareladas, dos passos supostamente firmes e deselegantes dos que não se importam com o bolor dos sonhos, com desejos sublimados. uma gravata borboleta é realmente transformadora, de momentos,
de gente, e de quem a usa. Rosaura diz que fiquei bem, que estou bonito. depois de passear pela casa quero fazer fotos, rir sem me importar com desfoque ou com tempos sombrios.

penso em usar gravata borboleta para escrever poemas e visitar poetas, quem sabe eu adote uns suspensórios também. gravata borboleta foi a melhor fantasia do dia.

16.

quem tropeçou dez vezes, quem perdeu dez vezes, quem se afastou somente uma vez, mas pensou dez vezes antes, quem escolheu uma vez, mas cometeu um erro de dez toneladas, quem desejou mil vezes possuir uma vez, quem uma vez se desfez de um segredo com desfaçatez. quem de fato pode avaliar se era de fato sua vez. quem mil vezes se apercebeu dos três perigos do amor e ainda assim amou como se perigos não existissem.

17.

abro um livro qualquer, numa página qualquer e fico procurando palavras aleatórias. palavras desprendidas das frases, apenas palavras, por seus sons e sentidos. que eu as possa usar à revelia, que sirvam de nomes, que sirvam como música, que me sirvam por si mesmas. penso que passear por uma página qualquer procurando palavras quaisquer se parece com um passeio por um parque ou por um campo aberto procurando, intuitivamente, sombras de árvores.

18.

nenúfares/ninfas/ninfeias/
aléas/alamedas alagadas/álamos/
arvoradas/arvorejos/arvoredos
arvoremos/alvoradas/
poesia sem tocar os substantivos,
poesia sem gesto, sem cesto,
sem rima, sem tocar os adjetivos,
poesia bem, poesia além.
poesia utopia, síntese.
poesia por fantasia,
poesia pele, pelo, peleja,
veja: poesia um desejo enseja.

19.

página dos 8 anos

quando eu tinha 8 anos meu pai
nos levou ao médico.
no dia seguinte tomamos, em jejum,
umas bolinhas incolores de tetracloroetileno.
eu pensava não existir outras doenças que não
as verminoses e a gripe.
embora comesse pouco, eu detestava jejuar.
naqueles dias ouvia umas palavras
complicadas: *tetracloroetileno, xistossomose,*
lombrigueiro, giárdia, nematódeos, jejuar,
propósito.
percebendo meu desconsolo, Venina
arrematava:
- *amanhã você vai cagar vermes e lombrigas e aí*
pode comer tudo o que quiser.
enquanto isso eu imaginava inúmeras
guloseimas: bolo, banana da terra frita,
ximango e manga espada pra morder e lamber.
- quando eu crescer, Venina, nunca vou beber
remédios difíceis de engolir e que me deixem
com fome. nunca!
- *"cê besta minino, todo remédio bom é ruim*
de beber".

ASFIXIA

VERSOS DA PANDEMIA

"como se o corpo fosse recurso renovável"

Ricardo Domeneck

o que pode o desejo de
liberdade frente às
adversidades de um vírus?

na palma daqueles dias
guardei interrogações
para um caminho que me
desse o tom de resistir,
o tom era: respirar,
rir, depois chorar.
devanear, esperar.
esperar sem desesperar

o que pode um poema diante
do pulmão que arfa?
de uma febre?
da iminência da morte?

o que pode as escolhas de
um homem frente às
intempéries do cotidiano?

frente às urgências da vida prática?

o que pode um poema
frente às intempéries
da existência?

frente a um raio?
uma avalanche?
uma tempestade?

o que pode o sublime?

clamei: deixem-me aqui,
preso nas precariedades
da existência.

deixem-me aqui entre
vicissitudes e notícias
de funerais

deixem-me com minhas
indagações, meus ardis

meus medos

com meus métodos de fuga,
minhas metáforas, deixem-me,
com minhas rotas para o
caminho das nuvens, para as nuvens,
as nuvens, as nuvens que habito

para algumas velhas ideias
de fim e de pleno recomeço.
deixem-me, afastem-se.
o vírus está aqui.
deixem-me, serei um
nefelibata.

naqueles dias nebulosos:
caos, álcool, máscaras, medo.
nenhum argumento me amparou.
no entanto urgências e
esperas atormentaram,
emparedaram.

esperei inspiração à luz
que antecedia o crepúsculo

esperei vacina no silêncio
que antecedia a luz da manhã.
todas as esperas me exasperaram
números e cifras me assombraram.
de uma só vez compreendi o que era
assombro e que era desamparo
o que era distanciamento e
que era distopia.

me exasperei com esperas,
sim.
urgências me assombraram,
sim.
depois escrevi “*poeminhas*” e
fui à janela almejar glórias,
foi patético almejar glórias.

sei que queimei minha
resistência poética numa
cruzada de insensatos

não quis expor meu idealismo
e parecer ainda mais patético.
ou sensível demais em
tempos tão brutais
tempos tão virais

quem foram esses que tentaram
ressignificar os desígnios da
existência?

quando desacreditei em um
mundo pior foi que comecei a
valorizar os sonhos,
que comecei a escrever sobre
morte e sobre fim.
isso foi em outros tempos,
agora tenho muito o que
escrever sobre um mundo desumano
sobre ideais estiolados
sobre um país entristecido
um país descolorido.
sobre uns dias muito apropriados
para cultivar utopias.
sobre uns dias muitos apropriados
para destroçar vilanias

ainda é pavoroso lidar com
palavras desgastadas:
esperança, amor, fé, pátria,
patriotas, paz, família.
essas palavras perderam
toda poesia &
todo sentido
em meus devaneios e
em minha linguagem.

guardar outras palavras,
aquelas que transbordam,
foi meu devaneio mais precioso
e, no entanto, muitas e muitas
vezes eu não as soube usar.

era assombroso que eu ainda
me surpreendesse com a
crueldade humana, com o uso
eloquente de palavras desgastadas,
mesmo sabendo que jamais
houve limites no discurso dos tolos.

discursos me exasperaram,
algoritmos me confundiram.

até quando?

até quando o assombro?
até quando o ódio?
até quando?

sempre fui um personagem realista,
demasiado realista,
vivendo enredos antirromânticos,
vagando em alguma página da
narrativa dos sobreviventes deslocados,
machucados.
não me venham consolar com
palavras bonitas, com flores,
com patriotismo barato, abstrato,
tampouco com passagens da
filosofia ou do evangelho,
eu e Deus desconfiamos um do outro,
ele tem ciência de que sou uma
piada com desfecho poético,
um homem nem sempre bom,
                    nem sempre paciente,
                    demasiado cético.

sob a luz da janela
escrevi minhas ilusões,
é viável ter ilusões
na maturidade?
de que servem?
a quem servem?

escrever-se é iludir-se?

sonhar doeu, escrever poemas doeu.
quem disse que a poesia cura?

antibióticos curam

corticoides curam

deus cura

a verdade cura

a poesia apenas depura a dor aguda,
depura as fragilidades
depura as sutilezas da linguagem,
poesia é gesto de utilidade pessoal,
escudo de vento para as tragédias coletivas.
ou para amarguras.

ei brothers, cuidem de suas amarguras!

um dia de protestos.

a barbárie estava lá,
e os bárbaros na espreita,
nas esquinas, na praça,
nas redes, na família, na tv.
ainda desconhecem a
terceira margem.
jamais acabarão,
mas não passarão!

a sociedade civil desorganizada esteve
na manifestação com suas utopias:
o poeta, a musa, o músico,
o pipoqueiro, o comunista,
todos na avenida,
a atriz, o ambulante,
a colombina e o pierrot,
a mulher do apito, o professor,
o engenheiro, a bibliotecária,
todos gritando palavras de ordem
todos no suposto combate à distopia.
e um homem revoltado, parado na
esquina, silente, ciente da História,
lambendo um sorvete de
frutas vermelhas, devaneando:
"*rasguem a máscara dos bárbaros!*"

que dia insano.

os ratos roeram o verde,
depois roeram o amarelo,
sujaram o branco, e ainda tentaram
sem sucesso, ressignificar as estrelas.

os dias de céu azul e sol foram os mais difíceis,
os mais doloridos. assolaram os desejos,
azularam os fins. tentei me ensolarar,
sem me ensolar.
tentei me azular, sem me afogar.
tudo foi risco: flanar, sonhar, viajar. tudo. tudo.

infectado, conjuguei os verbos mais improváveis,
amontoei sonhos, chapisquei as paredes com versos.
hoje dói perceber o bolor dos sonhos.

havia um sentimento predominante de fragilidade,
uma proximidade da tragédia que tensionava os
músculos, limitava, assombrava, enclausurava.

as horas se sucederam lentas e nos
distanciaram do futuro.

sobrevivi, precariamente sobrevivi.
adotei máscaras e sutilezas. queria ir e não devia.
retornar já não podia.

não houve alternativa senão os broncodilatadores.

e usar máscaras. cirúrgicas, simbólicas.
no fim poetizei tudo. foi uma salvação provisória.

CENAS DE BAIRRO

"Eis que um frenesi ganha este povo, risca o asfalto da avenida, fere o ar."

Carlos Drummond de Andrade

Cenas de bairro 1 – Olhos D'água

O garoto levou três tiros, certamente de um 38,
morreu agarrado à bicicleta e à mochila,
possivelmente pensando na mãe e nos amigos
da quebrada.

O soldado levou um tiro, certamente de fuzil,
morreu agarrado ao coldre, possivelmente
pensando em um filho bebê:
"perdi, que guerra é essa?"

Cenas de bairro 2 – Savassi

Em todas as efemérides Helena sentia profunda solidão. Às vezes chorava sozinha, no dia dos pais, no dia das mães, no dia dos namorados, no Natal e no Réveillon, chorava também no Carnaval vendo tv, na Páscoa devorando chocolates. Não tinha pai, a mãe morava em outra cidade, não tinha namorado, raramente ia às festas da família, dormia cedo na virada do ano, no Carnaval sentia-se ruim da cabeça e doente do pé. Toda efeméride durava uma eternidade pra Helena, que chorava enquanto cozinhava pra si e pra gata Gaia. Foi assim até o dia em que conheceu Joana na Livraria Quixote. Ambas queriam livros de poesia. Desde então as duas criaram vínculos, cozinhavam juntas, plantaram vincas de Madagascar e samambaias, dançavam, passeavam, se amavam, juntas cuidaram da gata Gaia até a morte desta. Aí adotaram um cão chamado Jeff. Helena parou de comer chocolate e Joana de beber cerveja. Agora bebiam vinho, liam poesia, juntas choravam e riam enquanto escolhiam em quais efemérides chorar. Na última vez escolheram o dia dos pais e o Natal.

Cenas de bairro 3 - Centro

Uma jovem mulher se ajoelha de frente para
uma alameda no centro de Belo Horizonte.
Ela segura uma máquina fotográfica.
Dispara seguidamente a máquina.
Um homem cego tateia o
chão de cimento queimado com sua bengala
eletrônica. Um casal de namorados exibe sua
alegria juvenil. Uma igreja no contra plano,
três pombos. Dois homens atravessam
o visor.
Alguém atrás dela observa atentamente.
Um velhinho de boina fica parado por 42 segundos.
Ela dispara a máquina por 15 vezes,
15 fotos diferentes do velhinho de boina.
Seu joelho dói, ela se levanta, percebe que
ainda falta uma foto, ajoelha-se novamente.
Posiciona a máquina contra o peito,
quatro vultos desfocados, tem beleza, ela pensa.
Após disparar inúmeras vezes, levanta-se.
Percebe uma mudança de luz, agacha-se.
Lamenta não poder fotografar as badaladas do
sino, e aquele clima de frescor matinal.
Enquadra a imensidão da alameda e
dispara outras vezes, olha o visor, fica satisfeita.
Pronto, valeu o dia. São oito horas da manhã.
As badaladas cessam. É domingo.
"*Ficaram boas as fotos?*", indaga o cego.
"*Sim, ótimas*", ela responde, surpresa.

Riem silenciosamente.
"Eu apareci em alguma dessas fotos, moça?"
"Sim, claro. Uma bonita foto"
"Minha bengala nova também?"
"Claro, sua bengala nova também!"
"Muito obrigado, vou contar pra todos lá em casa".
"Sim, conte que eu disse que o senhor e
sua bengala ficaram ótimos".
"Reconheço de longe os barulhinhos de uma
máquina fotográfica. Tenha um bom dia, moça".
"Obrigada. Tenha um bom dia o senhor também".
Um casal começa abrir seu carrinho de lanches.
Um sol de julho ilumina parte da alameda.
A fotógrafa guarda sua máquina na mochila e
deixa a cena. Está feliz.
Enquanto isso o cego segue cantando consigo mesmo:
"Clic, glic, lique, lique, glic, glic clic clic!".

Cenas de bairro 4 - Prado

Ti Tono tem um jeito habilitado para a dança.
As mulheres do clube adoram dançar com ele,
seu corpo é naturalmente dançante, suas mãos
seguram as mulheres com delicadeza e
seus gestos têm exata percepção do tempo.
Todas querem dançar com ele nas rodadas
aleatórias, não importa qual estilo de música.
Jazz ou rock, forró ou samba, Ti Tono exala
alegria, leveza, dá à dança um ar de aventura,
como quem quer contar uma história de parceria.
Mestre tanto nos passos elaborados como nos
improvisos. Mas é dançando livremente com
Dalila, com Carmem ou Carmela, com Amanda
ou com Patrícia, que ele desliza, levita,
uma pena voando ao vento. Um bamba.
Dia desses chegou a notícia de que Ti Tono foi
embora com Carmela. Deixou um bilhete
para ser afixado no quadro de avisos do clube:
"Tono mudou-se para o Rio de Janeiro.
Ele foi viver o amor e dançar muito.
Além de apaixonado, está aposentado.
Não julguem. Não se reprimam.
Dancem. Dancem. Dancem.
Sejam felizes. O mundo é um grande salão.
Abraços. Contato: @Tono&Carmela."

Cenas de Bairro 5 – Centro/Palácio das Artes

Para Djami Sezostre

A plateia esperava pelo poeta no
Jardim das Delícias, e veio o poeta:
Em passos lentos, olhar baixo,
paletó vermelho. Peito nu. Calça jeans rasgada.
Mas não é um poeta pop.
Não é um poeta previsível.
Não é um poeta apolíneo.
Então ele começa a grunhir, grunhir, grunhir.
É uma performance para fabricação
de palavras. 15 grunhidos até a primeira
palavra ficar pronta. É uma palavra biossonora.
Em seguida um guitarrista é iluminado por uma
luz branca e branda.
Umas notas de guitarra entre as palavras.
Uma nota *fá* distorcida e alongada percorre
toda a linha horizontal do jardim.
O poeta engole a nota.
Cospe uma pétala vermelha, outra palavra
brota de sua boca, e outra, mais outra, outra,
outra pétala, outro grunhido, e a plateia em
silêncio, ele engole o silêncio da plateia.
Depois compartilha sua escrita ao sol.
Agora o poeta é só corpo, dionisíaco.
As palavras vão se ritmando, sucessivamente
até os confins do Jardim das Delícias.
O jardim é um bioma léxico. Sinestésico.
Biossons, bioléxico. Biofôlego. Bioruídos.
Até a explosão de aplausos. O poeta se dissolve.
O poeta se curva. A luz se apaga.
A guitarra silencia. A plateia se retira.
Agora não há mais a biopalavra jardim.
Não há mais o poeta. Só o jardim. Fim.

Cenas de Bairro 6 – Centro

cientes da finitude próxima
os velhos jogam dama na alameda,
o que fazer com suas manhãs?
ignoram o próprio abandono, mas
conhecem o caminho das pedras
às vezes se juntam no silêncio, às vezes se
juntam para planejar um futuro bonito
uma vontade de ser, uma jogada fatal
às vezes se juntam apenas para recordar
uma música
uma tragédia
uma piada
um amigo,
um gol,
um título.
um morto.
um dia de saudades de não sei o quê.

CADERNO DE RESQUÍCIOS

“A memória é uma ilha de edição”

Waly Salomão

1.

Cada momento vivido foi um
pedacinho que se perdeu,
como guardar memórias?
Onde?

Cada momento vivido foi um
pedacinho que se ganhou.
Como compartilhar memórias?
com quem?
Guardar pra quê?
Memórias podem ser
moedas de troca?
Poemas dos resquícios?

O que fazer com elas?
Ah, embrulhar em papel ofício e
jogar ao vento, como quem joga
velhas fotografias,
como quem recorta os dias
Aqui empilho as memórias,
aqui cultuo e descortino outros tempos,
aqui restauro esquecimentos.

2.

Antes foi necessário afastar os fantasmas,
restaurar os esquecimentos e só depois usar a
imaginação para compor este inventário dos
resquícios. Por exemplo:
Agora eu tenho 14 anos, e amo Maria Laura.
ou
Raul Seixas cantando *Ouro de tolo* na Rádio Clube
de Conquista. A enciclopédia que o pai trouxe de
Belo Horizonte em 1973, o porta-chaves que não
portava chave alguma, o dicionário, a fruteira,
uma lembrança de tarefas escolares: das equações
de segundo grau às expressões em inglês, ou
Caetano cantando
"I'm wandering round and round, nowhere to go".
Jesiel, meu velho e querido professor: esqueci a
soma dos quadrados da hipotenusa em cima da
mesa, essas coisas são muito apropriadas para
esquecimentos, ao contrário das músicas de
Caetano e Raul, ao contrário da boca e do perfume
de Maria Laura, da maciez de
seus seios, meus anseios.
Liga o rádio, Maria Laura, vamos passear de mãos
dadas na Praça da República, ouvir a Rádio Clube
no radinho de pilha? A praça é tão grande, quase
do tamanho do Brasil.
Quem sabe *"vagando sem direção"* veremos
"a sombra sonora dum disco voador?"
Quem sabe?

3.

Ao pé das escadarias da Catedral Nossa Senhora
das Vitórias esperei a kombi do Ginásio.
Entrei e discuti política com Tereza,
ela torcia pra Nilton Gonçalves e eu
pra Jadiel Mattos.
"*É tudo a mesma coisa*", disse Ivana.
Aí nos acalmamos, "*abracem-se*", ordenou Ivana.
Abraçamo-nos e naquele abraço desprezei Tereza.
Não sei se ela sentiu alguma coisa além de frieza.
Uma coisa é a política, outra coisa é o afeto.
Uma atrapalha a outra. O tempo dissipa isso?
Uma coisa é uma kombi cheia de adolescentes,
outra coisa é o imaginário de cada um ali.
Uma coisa é o afeto, outra coisa é o peso das
diferenças. Uma coisa é uma enciclopédia, outra
coisa é a latinha de chás sobre o balcão da cozinha,
o coração se acalma é com os chás, mesmo quando
dispara com os tremores das emoções inesperadas.
Desta vez foi a morte de padrinho Manoel Nízera,
com ele partiu também um afeto próprio dos bisavôs.
Mãe chorou, eu também. Tomamos chá. Rezamos.
Quase passou. Alguns afetos são incontornáveis.

4.

No bolso do paletó de madrinha Dilina tem dinheiro
escondido, muito dinheiro. Vamos pedir pra ela, talvez
um tanto que compre acarajé e Tubaína, ou
quebra-queixo e cigarros Minister. Quem pede?
Gostava mais de quebra-queixo do que de chocolate.
Pra quê dinheiro se na fruteira da mesa da sala de
jantar tem umbu, laranja campista, bananas?
Ali eu desprezei as frutas. Queria quebra-queixo,
queria tubaína do bar do Elias, rosca húngara
açucarada que só. Queria fumar Minister, me exibir
pra Maria Laura nas matinês do cine Madrigal.
Fazer bolinhas de fumaça. Queria dinheiro.
"Vão estudar!" ordenou madrinha Dilina.
Estudar inglês porquê? E matemática?
Por que egípcios e israelenses guerreiam pela
península do Sinai?
As interrogações são vãs, Luiz. E o mundo é essa roda
sem freio, sem paz, sem lógica, igual futebol,
futebol tem lógica, Luiz Edmundo?
O Humaitá venceu o Conquista no Estádio Lomantão?
É lógico isso? O que parece ilógico é realmente ilógico?
A matemática explica?
Ou não tem nada e ver com isso?
"Estudem! Se querem dinheiro, estudem!
Lógico, é a lógica!"
Madrinha era ágrafa,
mas versada em complexidades do ser.
Oxe! Nem a enciclopédia ensinava o que ela sabia.

5.

O oco do Santo Antônio de barro também esconde
umas alianças banhadas em ouro, de um noivado
desfeito à beira da fogueira de São João.
O noivo se jogou na fogueira ou caiu de bêbado?
Quem poderia explicar é a ex-noiva,
ou Zé Brasinha, mas ambos se recusam dizer
qualquer coisa. Que mistério!

O amor se desfaz do nada?
O amor se explica quando queima?
Queima quando se desfaz?
Como pode uma sombra ser sonora?

Como pode uma cor ser amarga?

"As interrogações embelezam o mundo, Luiz Edmundo".

6.

A loja de seu Fernando tem um Ford Galaxie 500 à venda, tão grande que não caberia nem na garagem de Padrinho Dó, que era enorme.
O pai tem uma Rural Willys 1971, azul e branca, com tração nas quatro rodas. Mais resistente do que um Galaxie. Nas estradas de Pedra Grande só Rural e Jeep, ainda mais em dezembro, quando as chuvas são torrenciais, foi o professor Durval quem disse. Adotei a palavra "torrenciais" para meu novo vocabulário, substitui bem "chuvona grossa". Achei também outras palavras: *inefável, visibilidade, fascinação, sutileza.* Coisas de menino curioso, que agora lia dicionários. Cuidado com as palavras, umas carregam sutilezas, outras carregam esnobismo. Ser sutil ou esnobe com palavras me tornou adulto antes da hora. *Ora, que menino metido!*
Menino não, oxente! Adolescente, quase um adulto. Com vocabulário, gente.

7.

Às vezes, nas manhãs de domingo, íamos à feirinha do outro lado da cidade, tinha todo tipo de gente e de coisas naquela feirinha: sanfoneiro cego, garotas bonitas com vestido rodado, ciganos, coronéis, iguarias nordestinas, carne de sol, manteiga de garrafa, requeijão de corte, chapéu de Luiz Gonzaga e gibão de couro, mascate repentista vendendo xarope pra acabar com o catarro das crianças, pra acabar com piolhos, geleia de coco para espinhela caída, pra desarranjos de estômago, bebida amarga pra amarguras do amor, casca de sucupira pra nervos inflamados. Além das coisas vindas da roça, havia os cheiros das coisas de comer, beiju de goma, buchada de bode, acarajé, pipoca. E havia também os cheiros do povo: cachaça, perfume barato, leite de rosas, suvaqueira. Até sanfona de 8 baixos ecoando por toda a feirinha tinha. Foi lá que a cigana espanhola, com sotaque baiano, leu a mão do pai, ela disse que ele ia viver até o corpo curvar pra frente, o pai riu, ela perguntou quantos filhos o pai tinha, ele olhou pra mim, respondeu: *quatro*. Ela olhou bem a mão do pai, depois olhou pra mim e disse: *seis*. O pai ficou sério, puxou a mão da mão dela, enfiou no bolso e lhe deu dez cruzeiros.

Seguimos. E a voz do mascate: "*Na feirinha mais arretada de Conquista, esse mascate vende a garrafada elixir sertaneja, que contém 17 vitaminas e 21 plantas medicinais, tem casca sagrada, espinheira santa, seiva do jatobá, semente de andiroba e de copaíba, vende bebida pra qualquer ferida, óleo de coco pra desinteria, e se o amigo tá desanimado, comparecendo pouco na brincadeira, eu tenho aqui a solução com este xarope feito do veneno da temível aranha de bananeira*". Era uma feirinha tão grande como a Bahia, jamais caberia inteira na palma de um poema. Hoje sei que era passeio sensorial, giros de pura fantasia.

8.

Quando Dona Mariazinha Soares morreu, seu Virgílio perguntou pro meu pai se ele concordava que fizessem na casa dela uma escola pros meninos da roça. O pai concordou, mas queria mesmo era um novo agregado, que plantasse, que fizesse cerca e soubesse colocar canga na junta de bois mansos. Seu Virgílio e Dona Casimira se divertiam e bebiam muito nas festas, especialmente nas de São João, quando dançavam até o sol raiar. Tiveram dez filhos. Seu Virgílio era vaqueiro famoso, condutor de gado na Caatinga, grande contador de causos, e dizia coisas como *"um homem deve saber assinar o nome e contar até cem"*, ou *"a coragem serve a morte, o medo serve a vida"*.
Frequentemente me provocava cantando Luiz Gonzaga:
– *"Luiz, respeita Januário, você pode ser famoso, mas ele é mais tinhoso e com ele ninguém vai. Luiz, respeita os 8 baixo do seu pai, respeita os 8 baixo do seu pai"*. Depois gargalhava. Com ele aprendi gargalhar, encilhar cavalos, fumar e aboiar.
Até hoje acho aboios cantos sagrados, transcendentes, iguais àquelas orações que Taciana nos ensinou na primeira infância.

9.

Dona Nilza, a diretora do ginásio, não se
importava com poesia,
(quem se importava?) mas achava bonito que
Maria Laura cantasse músicas de Caetano e que
Ângelo lesse poemas de Castro Alves, afinal
Castro Alves era o
poeta sagrado, mesmo pra quem não era letrado:

"eu sou como a garça triste
que mora à beira do rio
as orvalhadas da lagoa
me fazem tremer de frio.

Feliz da araponga errante
que é livre, que livre voa"

Ah, Castro Alves, meu poeta, em 1973 a liberdade é uma grande utopia. E os escravos ainda habitam os corredores das escolas, os campos das fazendas, o chão das fábricas.
Quem se importa, poeta?

"It's a long way, it's a long way,
it's a long a long a long way."

Era só poesia, e música. Nada mais, Maria Laura.

Então cante, cante. Enquanto meus pelos crescem, meus cabelos crescem, nossos sonhos crescem. Cante.

Vamos namorar, Maria Laura?

10.

Nos automóveis ainda brilhavam adesivos:
“Brasil ame-o ou deixe-o”.
Ah, patriotas.
Ah, tolos de botas.
Quem se importa?
Quem?

Dizem que tem gente que se importa, que mete o nariz.
Mas estão longe daqui, no Rio, em Londres, em Paris.

No auditório do ginásio Maria Laura surpreende
e canta:

“O BRASIL É FORTE E VERDEJANTE
EU ORGANIZO O MOVIMENTO

Ipanema ma! ma! ma!
Iracema ma! ma! ma!

Viva a Bahia, ia ia ia
que tudo mais vá pro inferno meu bem”

êta! êta! êta! A Bahia é porreta!
Viva Maria Laura em
cinco alto falantes britânicos!
Cinco mil vivas!
Cinco mil acordes de violão.
Viva os Beatles, Maria Laura

“Ei, não fique mal
Pegue uma canção triste e torne-a melhor

Hey Jude!

Hey Jude, don’t let me down.

Na-na-na-na-na-na-na-na, hey, Jude”

11.

Viva a Baêa! Baêa! Baêa!

Esqueça a poesia
Esqueça Castro Alves

Esqueça a alvura da garça triste
os juncos que abrigaram a garça triste
a lagoa, o voo livre da araponga errante.

Viva a vida, Bahia, ia, ia, ia!

Viva a Tropicália, esse movimento
resistente, resiliente, dissonante,
simbologia quase ignorada/da/da/da/
da cultura brasileira.
Viva! Viva! Va! Va!

Viva os Beatles, viva os Rolling Stones.
Viva o cine Madrigal, suas poltronas vermelhas,
onde uns adolescentes se apaixonavam e outros
ardiam em beijos e amassos.
Quem quer dropes de anis?
Quem vai esquecer beijos com gosto de anis?

12.

MARIA LAURA, PEGA O VIOLÃO E
CANTA CAETANO, CANTA.
"While my eyes go looking for
flying saucers in the sky"

MARIA LAURA, EU TE AMO! MÔ! MÔ! MÔ!

NÓS JÁ TEMOS UMA TRILHA SONORA.
NÓS JÁ TEMOS UM PASSADO, MEU AMOR.

MARIA LAURA,
ONDE NOS LEVARÁ NOSSA AURA?

Eu não sabia o que era passado
eu não sabia o que era futuro
eu não sabia o que era o amor
eu não sabia, não sabia, não sabia,
saber pra quê?
Maria Laura, canta Caetano, canta.
"It's a long way, it's a long way,
It's a long a long a long way".

MISSIVAS SUTIS

Belo Horizonte, 13 de abril de 2023

Querida M.

As coisas extraordinárias,
não são, por si só, extraordinárias.
Há que se ter uma lente ou um
coração apartado da mente
ou ainda uns fiapos de referências para
as identificar, o que nem sempre possuímos.
Eu, por exemplo, sou lesado neste quesito.
Já cortei uma árvore, atropelei um cão,
desprezei um poeta, desprezei um poema
                    um lugar,
Já danifiquei um coração,
Desfiz um trato, esqueci nomes,
todos extraordinários.
Normalizei umas coisas, umas pessoas,
uns livros, uns pratos, umas reviravoltas
todas extraordinárias.
Mas não me sinto destruído por isso,
apenas desajeitado, constrangido.
Estamos distantes, M.
E isso impossibilita qualquer reencontro,
quaisquer controvérsias, qualquer acerto de contas.
Nada faremos um pelo outro. Estamos quites.
Já escrevi a palavra *afinidade* de forma legível,
mas ficou invisível.

Fazenda Pouso Alegre, 01 de maio de 2023

Caríssimo B.

Como falar de mágoas se não as tenho?
Como cobrar dívidas duvidosas?
As décadas nos sobrecarregaram com medos
antiquados, com certezas toscas, com
recordações reluzentes.
As mesmas décadas que nos ensinaram que
os motivos alheios não devem nos perturbar.
No entanto, seguimos perturbados
pelo passado, o nosso e o alheio,
sensíveis que somos.
Vou rir no parque, onde ninguém
me reconhece, ninguém
me provoca com perguntas
sobre política, história ou dinheiro.
Onde ninguém questiona minhas
insignificâncias, meus motivos.
Estou preocupado com falta de chuva no
Vale do Rio Jequitinhonha.
Tenho o senho franzido, mas ninguém repara.
O parque é esse paraíso de que preciso agora.
A chuva é esse sonho que cultivo agora
Esqueçamos o passado que nos condena,
vamos beber vinho e recordar a Paris de 1981.

Amsterdam, 20 de outubro de 2023

Querido R.

Van Gogh escreveu cartas tão lindas e profundas para seu irmão Theo que me faz crer que ele seria tão grande poeta ou romancista como foi pintor. Ele não tinha dúvidas com relação à grandeza de sua arte, mas o quanto ela seria reconhecida. Quantos Van Gogh morreram desconhecidos pelos becos escuros de Paris, Amsterdam ou Nova York? Poucos, certamente. Os gênios são raros, difíceis. Como teria sido se ele e Rimbaud se encontrassem no Café Guerbois em Paris, e ambos pudessem travar um turbulento diálogo em torno das cores das palavras ou de quantas palavras caberiam em uma pincelada amarela?
A história da Arte é turva, ainda se alimenta de agruras pessoais. Segui seu conselho, querido R., alimentei os pássaros que voam em torno de nossa casa com sementes de girassol, algumas germinaram, não pensei que pudesse ser tão lindo um girassol, é quase como pintar um campo inteiro. Para Van Gogh o girassol era um símbolo de felicidade, estava certíssimo.
Vou escrever uma carta imaginária pra ele:
Querido Vincent,
Alimentei pássaros com sementes de girassol, algumas germinaram, deu flores, e nos trouxe uma felicidade amarela muito viva, que desconhecíamos. Obrigado por me mostrar as muitas vertentes e pulsões do amarelo. Como é estimulante a arte.

Lisboa, 30 de outubro de 2023

Caro W.

Suas asas cresceram para dentro,
Por isso é tão literal. Por isso recusa a Poesia
Por isso recusa a Arte. Onde você perdeu a
capacidade de fantasiar?
Na infância? Na tv? Nos hábitos do pai?
No medo de não ser amado?
No dicionário? No emprego monótono?
No círculo familiar? Onde?
Tento compreender, mas sou incapaz.
Por isso mantenho uma distância segura.
Permita-me escrever,
com as cinzas da fogueira política,
a palavra empatia
a palavra dinheiro
a palavra retrocesso.
Já a palavra adeus não
precisamos escrever,
está subentendida como
FIM.

Belo Horizonte, 01 de setembro de 2023

Querida I.
Queridas T. e J.

O Cerrado tem uma poeira melancólica.
As cinzas do vulcão da Serra Negra ainda
turvam minhas memórias.
Os que partiram são partículas esfumadas,
os que permaneceram também.
Chorei tanto a perda de um amor imenso que
meus olhos quase secaram, minhas retinas se
dilataram até os limites do esquecimento,
meu coração se inflamou até uma quase morte,
(A palavra *coração* que agora escrevo não é
o coração poético, patético, que simboliza afeto,
amor, ou qualquer sentimento, mas o coração real,
víscera que bombeia sangue).
Depois renasci, amoroso, febril.
É curioso pensar assim, viver assim,
amoroso, febril. Eu deveria ter algum remorso?
Tenho.
Os poetas não estão preparados para certas perdas,
por isso somem inexplicavelmente.
Por isso se fazem distantes, quase inexistentes.

Fazenda Pouso Alegre, 13 de novembro de 2023

Meu caro C.

Ao não ter filhos eu pensava ter
falhado miseravelmente.
Até ouvir alguém dizer que
falhou miseravelmente com os
próprios filhos.
Fiquei terrivelmente penalizado por
este alguém e aliviado por mim.
Agora, amparado por uma imaginação sem
limites, estou certo de que os filhos
que não tive ainda brincam ali no velho
jardim que herdei do meu pai.
São dois, eu lhes devia essa fantasia.
Agora estou em paz com eles,
sem eles também. Nada lhes devo.
Tampouco lamento não ter vivido a
extraordinária aventura da paternidade.

Belo Horizonte, 23 de dezembro de 2023

Querida Z.

Quando você disse que deixou o
amor morrer num filme VHS,
eu pensei em escrever um romance.
Fracassamos.
Fracassar é muito instrutivo.

Paris, 20 de outubro de 2023

Querida S.

Sua revolta me exasperou, tanto
quanto seus textos me inspiraram,
que luxo! Inspirar é luxuoso.
Revoltar-se também.
Tento entender o que é
revoltar-se verdadeiramente,
entender o que é ausência
e o que é falta.
O que é realidade e o que é fantasia.
O que é útil e o que é utensílio.
O que é doença real e o que é
doença como metáfora.
Entender onde há metáforas e
onde há literalidades.
Há confusão entre umas & outras.
Muitas palavras são intransponíveis.
Revolta, por exemplo.
Doença, por exemplo.
Morte, por exemplo.
Palavras intransponíveis são
espessas, e muito amargas.
Gosto delas.
Levarei flores vermelhas
ao seu túmulo. Amo-te.

Belo Horizonte, 28 de dezembro de 2023

Caro L.

Crítico que é, você sabe:
Nasci lírico, cresci lírico. Naufraguei lírico.
Lírico, amarguei perdas. Expulsei demônios.
Toda linguagem tem suas armadilhas,
o que torna a poesia areia movediça.
Sou movido pela linguagem da geleia geral,
sou o poeta nu, que confessa. Desencantado.
Avariado por emoções intensas.
Tive glórias irrisórias, ri, rio, rirei delas.
Só o poema precisa de glórias.
O poeta precisa de meios.
Embora "PRA PUTA QUE PARIU"
seja meu palavrão de estimação, jamais usarei
o poema pra mandar tanta gente se lascar lá,
mandarei com a boca mesmo.
Ei ei ei! E os eufemismos que usei.
Meios, meu caro, meios. Sou eu
sou, sou eu meu caro, muito soul.
Reverberando, recuperando-me em
humanidade e em linguagem.
Não me cabe dar sentido ao desencanto alheio.
Vamos ouvir blues, rock, MPB.
Poesia cansa, caro L.

Fazenda Pouso Alegra, 05 de janeiro de 2024

Querido G. e Querida V.

Vocês diziam coisas tão óbvias, mas tão difíceis de ouvir,
às vezes insuportáveis. Assim: *"Não se aprende
passivamente. Desce dessa nuvem!
É necessário distinguir interesseiro de interessado.
Encontre as diferenças. Todo amante é um ser aturdido.
Estrela cadente é coisa pra poeta, sinuca nunca!
Aprender uma nova língua requer ouvidos muito limpos,
atentos, interesseiros. Bons sentimentos fazem poesia
ruim, assim como toda perfumaria de linguagem.
Não demore um ano em alguma página com palavras
emboloradas. Não. Seja ruim com originalidade.
É preferível "meu iaiá meu ioiô" a
"te ofereço o céu meu bem".
"Todo poeta tem uma tristeza hermética.
Um poeta aturdido é. Dois poetas aturdidos são."
E por fim: "pra quê?", "por quê?", "é difícil, viu?"*
Ao reunir parte do que disseram, eu deveria deletar.
Mas é preciso refletir, queridos. E compreender.
Dadas as dificuldades de compreender, quero uma
passagem para Belo Horizonte.
Vou ouvir Vander Lee, refletir. Flanar por aí.
Vocês foram ótimos conselheiros.

Fazenda Pouso Alegre, 18 de janeiro de 2024

Caríssimo B.

Meu poeta camarada, matei o seu pássaro azul que vivia
comigo. Sem remorso. Matei, sem mais detalhes.
E não choro, caro. Não. Não choro por nenhum pássaro,
tampouco por aquele Anu que se chocou com
o para-brisa na estrada de Almenara, pelo
retrovisor vi seu corpo girar
solto no ar. Penas. Acontece com pássaros.
Acontece com motoristas a noventa e cinco
quilômetros por hora.
Charles, Charles, Charles, quem quer velar pássaros?
Um dia matarei também poemas que vivem inquietos por
aqui, que me despertam em
madrugadas de muito calor,
são muitos. Inclusive alguns que você escreveu.
Espero esquecer todos, sem remorsos.
Então farei um brinde a eles, com cachaça de Pedra Azul,
ou com o vinho que sobrou. Que voem nos pastos do
Pouso Alegre, ou no Green Hills. Depois escreverei cartas.
Missivas. Algumas serão poemas, esquecidos ou mortos.
Não sei bem.

Fazenda Pouso Alegre, 25 de janeiro de 2024

Querida A.

Removi as palavras daninhas no entorno da palavra *adeus.*
Me desculpei comigo mesmo por todas as tolices que eu
disse, por todas as tolices que escrevi.
Escrevi sentimentos platônicos, depois apaguei tudo,
constrangido. Achei péssimo ser sentimental.
Pra não desagradar, silenciei, fiquei remoendo.
Meu silêncio foi também minha omissão.
Eu não sabia dizer *Adeus*, mas escrevi a
palavra *Adeus*, depois fiquei com ela no céu da boca.
Cada letra sobrevoando, amargando, se debatendo.
Amargavam e debatiam-se na mesma medida.
Vou apagar, pensei. Não apaguei.
Vou rasgar tudo, pensei. Não rasguei.
E por muito tempo foi assim, até perceber que
Adeus não era apenas uma palavra. Era, sobretudo,
uma linha de partida. Adeus. E parti. Partido.
Amargo.
Em velocidade de cruzeiro.
Vou cultivar esses sentimentos platônicos em
canteiros de papel.

O VINHO QUE SOBROU

Frequentemente a imaginação dilacera a realidade

I

Se eu soubesse prolongar as horas.
Se eu soubesse recitar *“poema sujo”*.
Se eu soubesse cantar *“Wish you were here”*.
Se eu pudesse atravessar Minas Gerais coletando
pedras, coletando orquídeas, coletando cachaças,
coletando os sons emitidos por Milton Nascimento.
Se eu estivesse em Paris agora, ouvindo
acordeons no metrô ou bebendo em algum bistrô.
Se o que eu planejasse Zeus aprovasse.
Se as palavras não se transformassem em cuspe,
em nódoa, em dúvida, em retaguarda.
Se palavras me vestissem como uma
fantasia carnavalesca.
Se eu pudesse me sentar na palavra sofá.
Se eu pudesse lamber a palavra limão.
Se eu pudesse suprimir vírgulas e
ainda assim manter o ritmo.
Se o solipsismo fosse expulso da poesia.
Se sofismas fossem expulsos da filosofia.
Se a parte que me cabe fosse realmente minha.
Se a literatura me comprasse alguma
experiência pop dos anos 80.

Se a poesia vendesse como *commodity*.
Se eu pudesse escrever meus delírios linguísticos.
Se eu pudesse escrever o meu percurso com
os fios de cabelos que perdi no banho.

E se andássemos até a praça pra namorar no
banco de cimento, sem dar diminutivos aos
nossos nomes? E se eu tivesse boas respostas?

Se eu e você, se eu e você, se eu e você
construímos um tratado de paz, foi pra
celebrar parceria amorosa em nossos
travesseiros de pena de ganso e depois dormir
sobre as ilusões que compramos ontem no shopping.
Com esse tratado de paz vamos atravessar o
vermelho, o azul, vamos atravessar aquela
foto de família, aquela viela, aquela praia,
atravessar um continente inteiro, onde outros
povos guerrearam pelo poder, pelo pensamento
prevalente, e ainda deixaram a prevalência se
derreter no incessante movimento do fogo político.

O incessante movimento engoliu parte da
humanidade e cuspiu nuvens escuras
cuspiu balas, cuspiu bombas, cuspiu
cuspiu, cuspiu, surrupiou, mutilou, matou e
depois delegou aos poetas o dever
de poetizar as cinzas e o direito de
beber o vinho que sobrou.

Querem saber o que fazemos
com nossos nomes, nossos números,
nossos ideais, nossos passaportes, com nossos azuis,
nossas cores desbotadas, nossa língua encardida,
nossa língua reinventada pela lida,
pelos personagens que inventamos para
sobreviver sóbrios.
E nos arrastaram nesse jogo de
fúrias, nesse jogo de cartas marcadas pelos
azuis de águas que regem nossos signos.
Acredita em signos, Andrea?
Acredita em sexo e amor, sexo sem amor,
amor sem sexo, em existência sem nexo?
Não responda, não entre nessa polêmica.
Se eu sair agora, diga adeus, ria, brinde e
beba o vinho que sobrou.

Agora vamos fatiar este tempo, fatiar em
linhas, em espaços, em minutos, em horas,
em adjetivos.
Fatiar em linhas para desperdiçar as manhãs.
Fatiar em espaços para usufruir o sol e a sombra.
Fatiar em horas para desperdiçar as noites.
Fatiar em adjetivos para omitir emoções.
Fatiar em minutos de espumas para
suavizar o envelhecimento.
Não, não vamos perder nossa identidade nesse
emaranhado de dados.
Nossa vida é pop.
Vamos ouvir *Sweet Dreams* e
beber o vinho que sobrou.

Se o que temos é percepção politizada
Se o que temos é amor no débito
Se o que temos é o relógio contra
Se o que temos é uma ideia de grandeza
Um vislumbre do futuro, se o que
temos é uma cidade fria, um
automóvel usado, uns livros usados,
uma lista de filmes novos, uma lista
de amigos distantes, umas listas de marcas,
de queixas, de desejos interditados,
de músicas marcantes,
de lembranças, lindas lembranças pop.
Se é isso,
Então vamos espalhar tudo, viver tudo
e beber o vinho que sobrou.

Se eu pudesse devorar a palavra *desejo*,
mastigar suas consoantes e antes sentir
demoradamente cada uma delas
e depois deixar suas vogais sobre esta página
e tudo se transformasse, não em poema, mas
em uma fantasia com a essência do que me
me inquieta agora, eu abraçaria o desejo e beberia
todo o vinho que sobrou.

Se eu pudesse
exagerar até
sobrar desejo
sobrar dilemas
sobrar palavras
sobrar pedaços
sobrar energia
sobrar culpas
sobrar adjetivos
sobrar alegria
sobrar imaginação
sobrar vontade
se eu exagerar no tom
gritar, esbravejar,
caminhar até amanhã
pra te encontrar,
por favor não estranhe
não se angustie
dobrei a aposta, bebi
e depois derramei todo
o vinho que sobrou.
Sobrou?

II

Já me perguntei:
De qual substância é feito o desejo?
De qual substância é feito sonho?
De qual substância é feito o som?
De qual substância é feita a mentira?
De qual substância é feito o amor?
De qual substância é feita a morte?

Já me perguntei:
Por que guardamos raiva?
Por que guardamos coisas inservíveis?
Por que guardamos sapatos velhos?
Por que confundimos alhos com bugalhos?
Por que misturamos entulho com bagulho?
Por que guardamos o vinho que sobrou?

Já dei meu livro pra alguém que não sabia ler.
Já achei belíssima a palavra *antúrios.*
Já fiquei intrigado com a palavra assíndeto.
Já gritei: caralho! Que país de merda!
Já gritei "fora velhaco!" para um presidente.
Já inventei um amor trágico.
Já odiei poemas de amor.
Já odiei meus poemas sobre o que é o amor.
Já recusei amor em nome de uma suposta liberdade.
Já rasguei o amor, já rasguei a liberdade e
carreguei seus pedaços em um bloco de notas.
Já embalsamei um poema de amor na esperança de
que um dia ele se tornasse uma relíquia.
Já queimei o amor
Já queimei o bolo.
Já queimei o arroz.
Já sofri com excessos.
Já sofri com excertos.

Já sou um personagem velho.
Já pensei que sexo curasse dor de cabeça.
Já procurei diferentes formas de narrar um átimo.
Já desisti de matar uma cascavel, preferi apreciar
seu lento serpenteio e sua beleza fatal. Fiz mal?

Já fui chamado de lírico,
como se eu fosse um poeta da velha guarda.

Já fui chamado de experimentalista,
como se eu fosse um poeta de vanguarda.

Já tive um amigo que me ironizava,
como se eu fosse um rebelde tolo.

Já tive um cavalo castanho,
como se eu fosse um menino de fazenda.

Já tive um bisavô me esperando na porta da escola,
como se eu fosse um menino importante.

Já perdi palavras na mesa da sala de jantar.
Já tive medo dos Irmãos Campos.
Já fiquei mais angustiado do que o goleiro na hora do
gol quando conheci Belchior.
Já quis a glória, já quis a fama,
já sei que fracassei.
Já sei que alguns fracassos vieram de minhas
maiores vitórias. E isso não mudou nada.

Já amei uma bailarina que me ensinou o ponto certo.
Já fiz um filme em preto e branco pensando nos
enquadramentos de Glauber Rocha.
Já transei com uma pensando em outra.
Já fui cortado na raiz. Quando brotei, me podaram.
Já curti violão à beira da fogueira e chorei.
Já dormi na grama pra economizar grana.
Já escorreguei na lama.
Já tive vontade de ir embora inúmeras vezes e
não fui, fiquei observando a paisagem secar.
Já decorei frases que esqueci no momento exato de
dizê-las. Acreditei que foi por desatenção.
Já joguei pela janela uma grande oportunidade.
Já sonhei que Angela estava viva e só eu não sabia.
Já censurei umas coisas ousadas que escrevi.
Já fiz a coisa certa pensando que fazia errado.
Já lidei com chatos e mantive a calma.
Já fui chato na lida, e perdi a calma.
Já sequei, cerquei, vomitei, cantei, sobrei.

Já quis ser amigo de um poeta, não funcionou.
Já namorei uma poeta, a poesia nos afastou.
Já tostei tomates cereja na brasa.
Já recuei diante de uma autoridade.
Já acreditei que os números não mentem.
Já sei que deu erro.
Já fui favorito, já tive favorita, nada mudou.
Já fui conhecer o cruzamento da Ipiranga com
a avenida São João, fiquei besta.
Já subi as escadarias do Arco do Triunfo, ufa!
Já repliquei uma mentira.
Já fumei um baseado no Coliseu.
Já baguncei o coreto.
Já recusei bençãos.
Já fui demasiado irônico, e bizarro.
Já achei muito ruim um livro premiado.
Já pensei que fosse por inveja.
Já pensei que estivesse certo.
Já guardei segredos alheios em um cofre.
Já publiquei um poema inacabado.
Já fui terrivelmente indelicado.

Já me apaixonei por Susan Sontag.
Já me apaixonei por Ana Cristina Cesar.
Já visitei a casa de Pablo Neruda, e durante a
noite sonhei que passeávamos pelas encostas
de Valparaíso observando muros grafitados.
Já fui vetado por questões políticas.
Por questões políticas já temi as flores.
Já fui fascinado por estéticas incolores.
Já chorei a morte de um poeta
de dois poetas
de três poetas, depois li e reli
seus poemas como se eles fossem imortais.
Já parei o carro na estrada para escrever um verso.
Já dei um passo no escuro, caí.
Já pensei: acabou, bem antes de acabar.
Bebi. Gritei. Chorei. Acabou.
No final derramei o vinho que sobrou.
Sobrou?

POSFÁCIO DO AUTOR

Há sempre o momento em que o
livro parece pronto.
Pronto não quer dizer concluso.
Faltará sempre uma palavra aqui,
um verso acolá.
Um poeta nunca diz tudo,
ou pelo menos imagina assim.
Resta algo por dizer,
algo impreciso, precioso.
Mas a compulsão pela escrita revela-se
nas sutilezas da imaginação.
Frequentemente a imaginação
dilacera a realidade.
Ambas se vinculam em suas
próprias fragilidades.
Ambas se atrelam pela linguagem.
O poema é um pequeno e frágil
gesto de imaginação.
Tudo aqui escrito foi
puro gosto pela imaginação,
Puro desejo de linguagem.
Está pronto o livro jamais concluso.

Foto: Rosaura Andrade

Luiz Edmundo Alves é baiano de Vitória da Conquista. Tem uma dezena de livros publicados e poemas em toda sorte de suplementos e revistas literárias. Criou a premiada série de videopoemas "LAMPEJOS" e editou o site TANTO, pioneiro na divulgação de literatura no Brasil. Graduado em Psicologia pela Fundação Mineira de Educação e Cultura. Viveu três décadas em Belo Horizonte. Estudou francês e História da Arte em Paris. Atualmente é um esforçado fazendeiro na Fazenda Pouso Alegre, em Almenara, MG. Esforça-se também como cozinheiro e performer bissexto. Por conta deste livro deixou de ser abstêmio alguns dias.

Miolo impresso sobre
Papel Pólen Bold LD 90g
Gráfica Formato
Belo Horizonte, 2024